ひょうたん池物語

作　久元 喜造　絵　有村 綾

ひょうたん池物語

絵・執筆協力　有村　綾

少し昔のお話です。

港のある大きな街からほど近いところに、のどかな里山が広がっていました。里山には、なだらかな山や丘に抱きかかえられるように、たくさんの池がありました。それらの中のひとつの池が、この物語の舞台《ぶたい》です。

水は澄《す》んでいて、それはそれはきれいな池でした。水面は木漏れ日《び》を受けてキラキラと輝き、ときどき魚が跳《は》ねると波紋《はもん》を作ります。まわりをぐるりと取り囲む雑木林《ぞうきばやし》には、夏になるとカブトムシやクワガタが集まり、秋になると葉っぱが鮮やかに色づき…。季節によって様々な姿を見せるのでした。

池には土手があり、その端《はし》から山道を通って雑木林《ぞうきばやし》に入ることができます。山道はすぐ登り坂になり、池を眼下《がんか》に眺《なが》めながら、祠《ほこら》のある山の頂《いただ》きへとつながっていました。山道から池を見下ろしてみると、池の真ん中が少しくぼんでいて、ひょうたんのような形をしていることがわかります。村人たちはこの池を昔から「ひょうたん池」

と呼んでいました。

「ひょうたん池」がいつ頃つくられたのか、誰《だれ》にもわかりませんが、ずいぶん昔のことのようでした。このあたりに田んぼが開かれたとき、田んぼに水を引くためにつくられたことは確かなようです。今でも池の水は、周囲の田んぼをうるおし、米を作るのになくてはならない存在です。村人たちは、ずっと池を大切に守ってきました。村の子供たちはこの池で魚釣《さかなつ》りをしたり、雑木林《ぞうきばやし》で遊んだり、憩《いこ》いの場所として親しんでいました。


今度はぐーっと近づいて、池の中を覗《のぞ》いてみましょう。

元気に泳ぐ一匹《ぴき》の魚がいました。ドンコです。ドンコは池の中で鯉《こい》の次に体が大きな魚ですが、まだ子供なので小さく、どこかかわいらしい顔をしています。名前は「どんた」。

「気持ちのいい朝だなぁ」

どんたが水面から顔を出しました。すると近くの草陰《くさかげ》からマムシが姿を現しました。

「やあ、どんた」

「あ、マムシさんおはよう。怖《こわ》い顔して、何かあったの？」

「うるせぇ、これが俺様《おれさま》の笑顔なんだよ」

マムシがキッとにらむと余計《よけい》顔に迫力《はくりょく》が出たので、どんたは笑ってしまいました。怖《こわ》そうに見えて優しいことをよく知っているのです。

「ずいぶん暖かくなったな。この季節は眠《ねむ》くてたまんねぇや。もうひと眠《ねむ》りするか」

マムシはあくびをすると雑木林《ぞうきばやし》へと帰って行きました。

入れ違《ちが》いにフナの「ふなじい」が、ゆっくりと泳いで近づいてきました。

「目が覚めてしもうたわい」

もうずいぶん年をとっているふなじいは、この池で一番の物知りです。

チュンチュンチュン。

「おはよう」

スズメが飛んできました。「ちゅんこ」です。ふわりと池のほとりに降《お》り立つと水を飲み始めました。

「ああおいしい」

今度はカワバタモロコが泳いできました。

「あらみなさん、おはよう。おそろいで早起きね」

しっかり者で、みんなから「モロコさん」と呼ばれています。

リスがコロコロと走ってきて池の水を飲みました。

そこをタガメが気持ちよさそうに泳いで通り過ぎていきました。


こうして、ひょうたん池の一日が始まりました。

*

お昼を少し過ぎたころ、村の子供たちがやって来ました。のっぽの「よしお」、ずんぐりむっくりの「きよし」、小柄《こがら》な「じろう」の三人組です。目的は秘密基地《ひみつきち》をつくること。土手から山道に入り登って行きました。

「問題はどこに作るかやな」

「大人に見つからんとこな」

「この道はときどき人通るし…池の方まで降《お》りてみる？」

三人は斜面《しゃめん》を池に向かって降《お》りて行きました。そして水面のすぐ近くまで来ると、平らになっている小さなスペースを見つけました。木が茂《しげ》っているのでまわりからも見えにくそうです。

「ここ、めっちゃいいやん！」

「よし、決まり！」

「かっこいい秘密基地《ひみつきち》にしよな」

持ってきたのこぎりを使い、さっそく木の枝を切り始めます。

子供たちの姿をふなじいは目を細めて見ていました。

「おやおや、どんな秘密基地《ひみつきち》ができるのか楽しみじゃわい」

ふなじいには人間の言葉がわかるのでした。ふなじいだけではありません。ひょうたん池に住む生き物たちは先祖代々人間と仲良く暮らしてきたので、いつしか人間の言葉がわかるようになっていたのです。

草陰《くさかげ》から覗《のぞ》く目が光りました。カラスヘビの「からきち」です。

「秘密基地《ひみつきち》か。いいなぁ、おいらも一緒《いっしょ》に遊びたい。だけど…」

からきちは自分が人間を怖《こわ》がらせることを知っているので、できるだけ人目につかないようにしているのです。このときも近づきたい気持ちをグッとこらえて草に身を潜《ひそ》めていました。

子供たちは、夢中《むちゅう》で木の枝を集めました。そして気が付くと夕暮《ゆうぐ》れ時が迫《せま》っていました。

「そろそろ帰らな、お母ちゃんに怒《おこ》られるわ」

「続きは明日しよ」

「学校終わったらすぐ来《こ》よな」

そう言うとバタバタと走って帰って行きました。

次の日、からきちは朝からソワソワして子供たちを待ちました。

土手の方で足音がしたので目を輝《かがや》かせましたが、やって来たのは村に住む大人たちでした。穏《おだ》やかに笑いながら、それぞれ手に持った鎌《かま》で土手の草を刈《か》り始めます。

「あ〜あ、子供たちはまだかなぁ」

すると、近くの木にちゅんこがとまって言いました。

「昨日の三人組を待ってるのね。まだ学校でしょ、きっと」

「そうかぁ。待ち遠しいなぁ」

「でも私、草刈《くさか》りを見るのも好きよ。人間がここをきれいにしてくれるのは、ありがたいわよね」

そこへマムシがひょいと顔を出しました。

「俺様《おれさま》は草があってもいいのに、余計《よけい》なお世話だぜ」

「とか言ってマムシさん、いつも草刈《くさか》りが始まると嬉《うれ》しそうに見に来るくせに」

「うるせぇ！」

マムシは草陰《くさかげ》に身を隠《かく》してしまいました。

草を刈《か》り終わり土手がきれいになると、村人たちは座《すわ》ってお弁当を広げ始めました。

「ここからの眺《なが》めは最高やねぇ」

「ほんま気持ちええわ」

草を刈《か》ったのでスッキリと景色を見下ろすことができます。すぐ下には美しい棚田《たなだ》が広がり、その向こうには村人たちの住むかやぶき屋根や瓦《かわら》屋根の家が十数軒並《なら》んでいました。

大人たちが帰ってからほどなくして、昨日の三人組がやって来ました。からきちは嬉《うれ》しくて体をバタバタと揺《ゆ》らしました。

「大きい木の枝四本立てて柱にしよ」

よしおがリーダーシップをとりました。

「そやな、昨日切った中やったらこれが一番大きいで」

力持ちのきよしが木を持ち上げると

「待って、まずは地面に木を立てる穴掘《ほ》らな」

と計画的なじろうが提案《ていあん》しました。小さな村で仲良く育った三人は、性格《せいかく》がバラバラでも喧嘩《けんか》をすることはほとんどありません。この日も、それぞれの得意分野を生かしながら柱を立てることに成功しました。夕方、満足げな三人のうしろ姿を、からきちは笑顔で見送りました。

次の日、三人は細い木の枝をいくつもひもで結び、基地《きち》を覆《おお》い始めました。手先の器用なよしおはどんどん結んでいきますが、じろうはゆっくりペースで、きよしは少し苦戦しているようです。

「きよし君は不器用だなぁ。がんばれ」

からきちはそっと応援《おうえん》しました。

それから数時間、三人はもくもくと作業をし、だいたい半分が覆《おお》われるとずいぶん秘密基地《ひみつきち》らしくなりました。

「ちょっと休憩《きゅうけい》せえへん？」

きよしの言葉によしおは手を止めました。

「俺《おれ》、これ結んでまうわ」

じろうは持っていた木の枝を急いで結び付けました。背《せ》が低いので、上を結ぶときには背伸《せの》びをしなくてはなりません。エイッと背伸《せの》びをしたとき
「わっわ…」

じろうの体がフラッと揺《ゆ》れました。

からきちは思わず叫《さけ》びました。

「危《あぶ》ない！」

からきちの声はじろうの悲鳴《ひめい》と水音と重なりました。

「わー！」

ザパーン！　じろうが足を滑《すべ》らせて池に落ちてしまったのです。池に大きな水しぶきが起こりました。よしおときよしは一瞬呆然《いっしゅんぼうぜん》としてから
「じろう！」

と水際《みずぎわ》へ駆《か》け寄《よ》りました。パニックになったじろうは水の中で手足をばたつかせます。

「た、助けて」

よしおはしゃがんだ足を力いっぱい踏ん張り、震《ふる》える腕《うで》をじろうに向かって伸《の》ばしました。

「じろう、つかまれ！」

じろうも、もがきながら腕《うで》を伸《の》ばします。

「もう少し…」

二人の手は近づきますが、つかむことができません。

「くそっ」

子供の腕《うで》の長さではどうしても届かないのです。

「どうしよう、どうしよう」

きよしはおろおろするばかり。よしおは自分が何とかしなくてはと、まわりを見渡しました。

「横に草が生えてる！　とにかくつかまれ！」

よしおに言われて、じろうはバシャバシャと水面を叩《たた》きながら、なんとか草にしがみつきました。ドンコのどんたは慌《あわ》ててじろうの体の下に潜《もぐ》り込みます。

「よいしょ、よいしょ」

一生懸命じろうの体を支えようとしましたが、どんたの小さな体では何の役にも立ちませんでした。

「人間よ、大人の人間を呼ばなくちゃ！」

モロコさんが慌《あわ》てて言いました。

「棚田《たなだ》じゃ。土手の下の棚田《たなだ》なら、この季節必ず誰《だれ》かおる」

ふなじいの言葉を聞くとからきちは駆《か》け出しました。ちゅんこも大急ぎで飛んでいきます。


棚田《たなだ》ではおじいさんとおばあさんが田植えをしていました。ふたりの前に出ると、からきちは体をバタバタと地面に叩《たた》きつけました。

「子供が池に落ちたんだ！　こっちへ来てよ！」

それを見ておばあさんは

「元気なヘビだこと」

と笑いました。

「おいらの言葉が通じればいいのに！」

からきちは祈《いの》る思いです。ちゅんこはおじいさんの頭をつつきました。

「いてて、なんじゃこのスズメめ」

おじいさんは手で追い払《はら》おうとしましたが、ちゅんこがあんまりしつこくつつくものだから
「やめてくれー」

と走り出しました。

「あらあら、おじいさん」

おばあさんが心配して後を追います。それをからきちも追いました。おじいさんは土手の上まで逃《に》げてきました。

「まったく、年寄《としよ》りを走らせよって」

息を整えるおじいさんの目の前にからきちは再び姿を見せると、池に向かって降《お》りて行きました。おじいさんは驚《おどろ》きました。ヘビが向かう先に、おぼれている子供がいることに気がついたからです。

「助けてー！　誰《だれ》か！」

立ちすくんで助けを求める子供たちの姿が、木の隙間《すきま》から見えました。

「こりゃ大変じゃ！」

おじいさんは池に向かって一目散に駆《か》け出します。水際《みずぎわ》でよしおときよしは顔を真っ青にして立っていました。やってきたおじいさんにふたりは

「友達が…友達が…」

と言うのがやっとでした。

「もう大丈夫じゃ！」

おじいさんは腕《うで》まくりをすると手を差《さ》し伸《の》べました。

「つかまれ、ぼうず」

両手でしっかり草をつかんでいたじろうは、すがる思いでおじいさんに向かって片

方の手を伸《の》ばしました。ところが、あと少しでおじいさんの手に届きそうなところで、草をつかんでいた手がつるりとすべってしまいました。

「わっ！　助けて！」

支えをなくしたじろうは水の中で無茶苦茶《むちゃくちゃ》に手足を動かします。おじいさんはその手をつかもうとしますが、じろうがバタバタと動くのでなかなかつかむことができません。

「じろう君、落ち着いて！」

モロコさんがたまらず言いました。

「おじいさん、がんばって！」

ちゅんことからきちが声を合わせます。

「えいっ」

おじいさんは身を乗り出してじろうの手を強くつかみました。

「よし、つかまえた！」

池の中でわぁ！と歓声《かんせい》が起こりました。見守っていたふなじいはホッと胸をなで下ろします。

じろうはおじいさんの手をつかんだまま水の中でもがき、ようやく片足を土の斜面《しゃめん》につけました。そのタイミングでおじいさんが力いっぱい引き上げたので、二人はドサッと草の上に倒《たお》れこみました。

「やった！」

「やったね」

「助かった!!」

池の仲間たちは口々に言って喜びました。


「ぼうず、心配かけおって！」

おじいさんはホッとして笑いだしました。じろうはずぶ濡《ぬ》れの体を震《ふる》わせると大声で泣きました。それにつられるように、よしおときよしも泣き出します。

「池のそばで遊ぶときは気をつけるんじゃぞ」

「ごめんなさい。えーんえーん」

「…それにしても、まるでヘビとスズメがここまで連れてきてくれたようですねぇ」

おばあさんが振《ふ》り向くと、もうからきちの姿はありませんでした。ちゅんこは空高く飛んでいます。

「おーい、ヘビやー。子供は無事《ぶじ》じゃぞう。ありがとう」

「スズメさんもありがとう！　ほら、あなたたちも」

おばあさんに促《うなが》されて子供たちも大声で言いました。

「ヘビさーん、スズメさーん、ありがとう！」

「ありがとーう！」

「えーんえーん」

ちゅんこは嬉《うれ》しくなって空中で一回転してみせました。

からきちは少し離《はな》れた草の間から照れて笑いました。

＊

夏の森はセミたちの鳴き声でとてもにぎやかです。

「うるさくてかなわねぇ。これじゃぁ昼寝《ひるね》もできやしない」

マムシがとぐろをまいて耳をふさぎました。

木の枝にとまったちゅんこは、そばにいるセミに声を掛《か》けます。

「よく鳴くわね」

「そりゃそうさ、俺《おれ》は何年間も土の中で息を潜《ひそ》めてたんだぜ。待ちに待った外の世界！

嬉《うれ》しくて叫《さけ》びたくもなるさ。ミーンミーン！」

「ぼくも土の中にいたことがありますよ」

颯爽《さっそう》と現れたのは立派《りっぱ》な角《つの》をもったカブトムシ。

「土の中は暗くて身動きもとれませんからね。お気持ちはお察《さっ》しします」

「おまえ、いいやつじゃねえか。ミーンミーン！」

夜になると、さすがにセミも疲《つか》れてしまいました。

「ミーンミーン…やれやれ、今日はもう寝《ね》ようかなぁ」

そのとき「セミさん、セミさん」という声がして振《ふ》り向くと、昼間出会ったカブトムシが手招《まね》きをしていました。

「近くの小川へ行きませんか。見せたいものがあるんです」

「俺《おれ》はもうヘトヘトなんだけどなぁ…」

返事を聞く前にカブトムシが羽を広げて飛んで行ったので、セミはしぶしぶ後に続きました。


小川に着くとセミは息をのみました。蛍《ほたる》がいたからです。それも何十…いや何百もの蛍《ほたる》が淡《あわ》い光をまといながら飛んでいるのです。

「なんてきれいなんだ…」

「ね、来てよかったでしょう」

「俺《おれ》、土の中でずっと想像してたんだ。外の世界はきれいなもので溢《あふ》れてるって。でも想像《そうぞう》していたよりずっときれいだ」

セミは静かに蛍《ほたる》を見つめました。

その頃《ころ》、マムシがからきちを呼び出しているところでした。

「おい、からきち起きてるか？　ちょっと土手まで一緒《いっしょ》に来てくれよ」

「いいけど…こんな時間になんだよ」

「さっきから奇妙《きみょう》な光が動いてやがる。見たこともない光だぜ」

「へぇ、どこどこ」

からきちがマムシの後に続いて土手を登って行くと、たしかに村の上空でオレンジ色の光が揺《ゆ》らめいているのが見えました。

「あれは火の玉じゃないかな」

「火の玉？」

「人間は死ぬと魂《たましい》が体から抜《ぬ》け出すんだ。夜にはその魂《たましい》が火のように見えるから『火の玉』って呼ぶんだって。じいちゃんから聞いたことがある」

「じゃあ、あの村に住む誰《だれ》かが死んだのかよ」

「そうだと思うよ」

「……」

火の玉はゆらりゆらりと漂《ただよ》うとゆっくり天高く昇《のぼ》って行き、小さな点になって消えました。二匹《ひき》はしんみりとして空を眺《なが》めました。

次の日、マムシはまた土手に登り、昨夜の不思議な光景を思い出しながらぼんやりと村を眺《なが》めていました。村はいつもより沈《しず》んでいるように感じられました。

「火の玉かぁ…」

次の日になると、村人がまとまって家から出てきました。みんな黒い服を着ています。

「おっ、なんだなんだ」

マムシは身を乗り出しました。村人たちは列になってゆっくりと歩き出します。手に提灯《ちょうちん》を持っている人もいます。その列は土手の下に広がる棚田《たなだ》の側《そば》までやって来ました。子供から大人まで、みんなうつむいて歩いています。マムシは行列の中によしおの姿を見つけると

「よしお!」

と呼び掛《か》けました。マムシの声はよしおに聞こえませんが、よしおはふと顔を上げました。頬《ほお》を涙《なみだ》で濡《ぬ》らして唇《くちびる》をきゅっと結んでいます。村人たちは立ち止まることなく、しずしずと通り過ぎて行きました。よしおの姿も遠ざかります。マムシはなんと声を掛《か》けていいのかわからず、静かに見送りました。

*

秋になり、雑木林《ぞうきばやし》が赤や黄色に染《そ》まりました。あちこちにシバハリなどのキノコが生え、アケビが実っています。ちゅんこはおなかいっぱい大好きな木の実を食べられるので上機嫌《じょうきげん》。ちょっと太ったので「運動しなきゃ」と言いながら、それでも食べてばかりいます。ふなじいはこのところ昼間でも眠《ねむ》ることが多くなりました。

「ふなじい、一緒に泳ごうよ」

どんたが声を掛《か》けると、ふなじいはゆっくり目を開けました。

「どんたか。うーん、そうじゃなぁ」

と言うと、またうつらうつら目をつむります。

「もう、そんなに寝《ね》てばかりいると石になっちゃうよ」

「石か。そりゃいい」

目を閉じたままふぉっふぉっと笑っています。どんたは一緒に泳ぐことを諦《あきら》め、ふなじいに寄《よ》り添《そ》いました。ふなじいの側《そば》にいると不思議と気持ちが落ち着くのです。

「ねえ、また昔話して」

「どんたには、これまでたくさん話して聞かせたのう」

「うん、どれもおもしろかった」

「そうかそうか。大きくなったら、今度はどんたが誰《だれ》かに聞かせてやっておくれ」

「誰《だれ》か？」

「どんたの子供や孫たちにじゃ」

「子供や孫…」

「ずーっと先の話じゃのう」

ふなじいはどんたを優しい目で見つめました。

そこへ一人の村人が釣《つ》り道具を持ってやってきました。ポチャン。釣《つ》り糸がたらされると、どんたの目の前にミミズが現れました。

「わぁ、おいしそうなミミズ！」

でもどんたは食べたりしません。これを食べると人間に捕《つか》まることを知っているのです。

「どれ、年長者のわしがいただくとしようか」

ふなじいが体を起こしました。

「だめだよ、人間に捕《つか》まっちゃう。捕《つか》まったら二度と戻《もど》って来られないんだよ！」

どんたは思わず声を荒げました。モロコさんも驚《おどろ》いて止めに入ります。

「どうしちゃったの、人間のえさに食いつくなんて」

ドジョウやイシガメやタガメや、池に住むたくさんの生き物が集まってきました。

ふなじいは穏《おだ》やかに笑っています。

「わしはもう十分生きた。ここらで人間の腹《はら》を満《み》たしてやろうかと思ってな。骨《ほね》になったわしは土にかえって虫たちの栄養になるじゃろう。その虫をまた魚が食べて、その魚を人間が食べる。大昔から繰《く》り返されてきたことじゃ」

「でも、死んじゃうなんていやだよう。もっと一緒《いっしょ》に遊んでよ。お話聞かせてよ」

どんたの目には、あとからあとから涙《なみだ》が溢《あふ》れてきます。

「わしは人間が好きなんじゃ。できたら人間の手で最期《さいご》を迎《むか》えたいと前から思うておった。どんた、おまえももういいと思えるまで精一杯《せいいっぱい》生きるんじゃぞ」

ふなじいはスイと釣《つ》り糸に近づきました。

「皆《みな》のもの、たっしゃでな」

最後にもう一度振り返ると、ふなじいは釣《つ》り上げられました。

「ふなじい！」

どんたの声が響《ひび》きました。そのあとには池に住む生き物みんなのすすり泣く声が広がりました。

＊

冬がくると、ひょうたん池に氷が張《は》りました。

「あーあ、氷のせいで外の様子が全然わからないや。ちゅんこやマムシさんは元気かなぁ」

どんたは退屈《たいくつ》でたまりません。

「まあまあ。そのうち解《と》けるわよ」

モロコさんはゆったりと泳いでどこかへ行ってしまいました。

「ちぇっ」

カン、カン、コロコロコロ
ある日、氷をたたく音がしました。
カン、コロコロコロコロ
石が氷の上を転がる音でした。池の端《はし》に氷が張《は》っていない場所があったので、モロコさんはそこまで泳いで行って、氷の上を見ました。すると、氷に石を投げている村

の子供たちの姿が目に入りました。

「あら、あのときの子供たちじゃないの！」

どんたもやってきて、久しぶりに明るい顔になりました。

「あ、よしお君！　じろう君ときよし君もいる！」

少し見ないうちに背《せ》が伸《の》びて、どこかお兄さんらしくなっていました。

三人で、誰《だれ》が一番遠くまで石が届くか競争しているようです。

「私はきよし君が勝つと思うわ」

モロコさんが嬉《うれ》しそうに言うと
「いいや、よしお君だね」

どんたも予想しました。

カンカン、コロコロコロ。

何度も何度も石が投げられて、結局誰《だれ》がどこに飛ばしたかうやむやになったまま子供たちは帰って行きました。

「あーあ。帰っちゃった」

後ろ姿を見送ってどんたはシュンとしましたが、次の日もそのまた次の日も子供たちはやってきました。この遊びが気に入ったようです。

どんたたちは氷の端《はし》から飽《あ》きることなく応援《おうえん》し、気が付くと氷が解《と》ける季節を迎《むか》えていました。


こうして、ひょうたん池の季節はゆるやかに春へと巡《めぐ》りました。

＊

梅雨が明けた頃《ころ》、リスは村のゴミ捨て場できよしの姿を見つけました。今日は弟と一緒《いっしょ》です。ふたりとも釣竿《つりざお》を持っているので、きっとこのあと魚釣《つ》りに出掛《でか》けるのでしょう。

「にいちゃん、ここにミミズがおるん？」

「そうや、ゴミの下におるで。ここのゴミを食べて育ったミミズが魚の大好物やねん」

「わかった！　ミミズ探す！」

「よーし」

ふたりはゴミをよけ始めました。魚の骨《ほね》、野菜くず、果物《くだもの》の芯《しん》、梅干しの種、それから…ゴミの中にリスが見たことのないものが混《ま》じっていました。

「缶詰《かんづめ》の端《はし》で手を切らんように気ぃつけな」

きよしが弟に注意して指差した『かんづめ』と呼ばれるものは、鈍《にぶ》く光り端《はし》はギザギザととがっていました。

「あ、インスタントラーメンの袋《ふくろ》！」

白とオレンジ色の横縞模様《よこしまもよう》のテカテカした袋を見つけて、きよしが嬉《うれ》しそうに言いました。

「おいしかった！　また食べたいなぁ。母ちゃん買ってきてくれへんかな」

弟はうっとりとした表情をしました。

リスは気になって村のはずれにあるきよしの家へ行ってみました。窓《まど》から中を覗《のぞ》くと台所で一匹《ぴき》のネズミが忙《いそが》しそうに動き回っているのが見えました。

「こんにちは」

　リスが声を掛《か》けるとネズミは
「やあ。人間は出掛《でか》けてるから入っておいでよ。さ、どうぞ」

と言って窓の隙間《すきま》からリスを招《まね》き入れました。

「あのね、さっきこの家の子供たちが話してたんだけど、『いんすたんとらあめん』とか『かんづめ』って知ってる?」

「ああ、あの棚《たな》の中に缶詰《かんづめ》が三つも入ってるよ。昔からあったけど、最近はどんどん種類が増えてる」

「あんな硬《かた》いものをどうやって食べるの?」

　ネズミは一瞬《いっしゅん》きょとんとしてから笑い出しました。

「あははは。それは入れ物。中には魚やみかんが入ってるよ」

「なんだ、かんづめって入れ物なのね」

「食べ物ってすぐに腐《くさ》っちゃうでしょ。でも缶詰《かんづめ》に入れておけば、いつまでたっても腐らないんだ」

「えー！　なんで？　魔法《まほう》みたい」

「魔法《まほう》といえばインスタントラーメンはもっとすごいよ。パリパリの麺《めん》にお湯をかけるとあら不思議、ラーメンの出来上がり！ってね」

「それっておいしいの？」

「人間は喜んで食べてるよ」

「へー、なんだか知らないことばかり」

リスは目を丸くしました。

そのとき、玄関《げんかん》で音がしました。誰《だれ》かが帰ってきたようです。

「じゃ、また」

そう言うとネズミは急いで壁《かべ》にあいた穴の中へ入ってしまいました。

帰り際《ぎわ》、リスはこのあたりではあまり見かけない格好《かっこう》をした男が、きよしの向かいの家から出てくるのを見ました。黒い鞄《かばん》を持ち、堅苦《かたくる》しい洋服に身を包み、おまけに難しい顔をしています。

「あら変な格好《かっこう》。誰《だれ》かしら」

少し気になりましたが、リスはひょうたん池へと急いで向かいました。ネズミから聞いたことを早くみんなに伝えたかったのです。


「人間が魔法《まほう》を使い始めたらしい」

リスの話に池の仲間たちはざわめきました。

「人間が呪文《じゅもん》を唱《とな》えると食べ物ができるんでしょ」

「いんちきくせぇ。それホントに食えんのかよ」

「どんな呪文《じゅもん》かしら」

「最近村の人たちがよく『オリンピック』って言ってるわ。それ呪文《じゅもん》じゃないかしら」

「そういえば、昨日ここを通りかかった子供たちも言ってたわ」

夏になると、『オリンピック』という言葉はますますよく使われるようになりました。ある日じろうの家に『テレビ』という箱のようなものが運び込《こ》まれ、村の人たちはテレビ見たさに、じろうの家を訪《おとず》れるようになりました。

秋になり、いよいよオリンピックが始まると、村じゅうは大騒《おおさわ》ぎになりました。じろうの家にたくさんの人が集まって、テレビの前で「がんばれ、がんばれ！」「負けるなニッポン！」の大合唱です。喜んだり悔《くや》しがったり、どちらにしてもとても楽しそうです。

ちゅんこはその様子を近くの木の枝にとまって眺《なが》めていました。そこへリスがやってきて言いました。

「子供たちが外で遊んでいないと思ったら、ここにいたのね。何を見ているのかしら？」

「オリンピックが始まったのよ。ほら、テレビの中に人が入ってるでしょ」

「あ、ほんとだ！　小さい人が走ってる！」

「人間の魔法《まほう》で動いてるの」

火の用心

ちゅんこが説明すると、近くを飛んでいたホトトギスが呆《あき》れ顔で近づいてきました。

「あんた何バカなこと言ってんの。オリンピックっていうお祭りが映《うつ》ってるだけで、本当に走ってる人間はここにはいないの」

「え、そうなの？」

ちゅんこは、わかったようなわからないような表情をしました。

「あんたはこの村にばかりいるから遅《おく》れてるのよ。あの山を越《こ》えてごらんなさい。向こうの村にはテレビがもう十台もあるんだから。世の中の流れくらい知っておかなきゃ」

そういうとホトトギスは飛んでいきました。姿が見えなくなるのを確認してからリスはほっぺを膨《ふく》らましました。

「なによ、ホトトギスったらめったに姿を現さないのに、たまに来ると偉《えら》そうにしちゃってさ」

それから何日もの間、ひょうたん池に人が来ることはありませんでした。

「あーあ、誰《だれ》か遊びに来ないかなぁ」

どんたは池の中を行ったり来たりしました。リスの話によるとオリンピックはますます盛り上がり、大人も子供もテレビにかじりつくようにして応援《おうえん》しているようです。


そんなある日、ちゅんこが興奮《こうふん》した様子で池に降《お》り立ちました。

「聞いて聞いて！　私《わたし》すごいもの見ちゃった！」

池の仲間たちは何事かと集まります。

「山を越《こ》えて隣《とな》りの村に行ってみたの。そしたらね、たくさんの人間が真剣《しんけん》な顔をして機械を動かしてたの。ドンドン、ギュイーンギュイーンって大きな音をたてて！雷《かみなり》より大きな音で、気絶《きぜつ》しちゃうかと思ったわ」

「それで、何をしてたの？」

どんたが聞きました。

「うーん、何か作ってたみたいだけど」

「人間はまた新しいことを始めたのかなぁ」

どんたがつぶやきました。

「なんだか気になるな」

不意に聞いたことのない声がしました。

「…今言ったの、誰《だれ》？」

「俺《おれ》じゃねぞ」

「私も何も言ってない」

みんなキョロキョロと声の主《ぬし》を探しました。石の上で置きもののようにジッとしていたイシガメが、ゆっくりと首を伸《の》ばしました。

「僕《ぼく》だよ」

「イシガメさん！」

いつも無口なイシガメが言葉を発したので、みんなの視線《しせん》が集中しました。

「隣《とな》りの村の変化は、どうも嫌《いや》な予感がするんだ。この目で確かめたいけれど、僕《ぼく》の足では時間が掛《か》かりすぎる。ちゅんこさん、これからもときどき様子を見に行ってくれる？」

話を振《ふ》られて、ちゅんこはびっくりして答えました。

「あ、はい。そうね。行ってみます」

「それならぼくも協力しよう。隣りの村ならひとっ飛びだよ」

トンボが手を挙げると蝶々《ちょうちょう》も
「私だってお役に立てそうだわ」

とにっこり笑いました。


それから鳥とトンボと蝶々《ちょうちょう》は交代で隣りの村へ行き、そこでの出来事を池の仲間たちに話して聞かせるようになりました。

「ドンドンドンドン、ギュイーンギュイーン」という大きな音はやむことがなく、人間たちが作っている物は木の高さを越え、空に向かって伸《の》びていったようです。それらの話はあまりにもこの村の様子とかけ離《はな》れているので、池の仲間たちは信じられない思いで聞き入りました。

夜になって、どんたはひとり考えました。

人間は変わっちゃったのかな。

ふなじいに聞いてみたいな、と思うと少し寂《さみ》しくなりました。

*

季節がふたつみっつ流れた頃《ころ》、やっと機械の音がしなくなりました。出来上がったのは五つの四角い建物でした。

「その四角い建物は『団地《だんち》』っていうの。中には縦《たて》にも横にも部屋が並んでいて、たくさんの人間が住み始めたわ」

蝶々《ちょうちょう》がふわふわ飛びながら報告《ほうこく》しました。

「へー！　ずいぶん変わったところに住むんだなぁ」

「少し離《はな》れた場所には一軒家《いっけんや》も建ったの。かやぶき屋根じゃなくてピカピカの真新しい家がズラーッと並んでて、なんだか不思議な光景だったわ」

「聞いてるだけで肩《かた》が凝《こ》りそうだ」

「でもそこに住む人たちは妙《みょう》に嬉《うれ》しそうなの。それにね、なんだか変な格好《かっこう》をしているの。大人の男の人は『背広《せびろ》』っていう苦しそうな服を着ておまけに首に紐《ひも》を結ぶのよ」

「なにそれ！」

どんたとモロコさんは声をあげて笑いました。イシガメも甲羅《こうら》を震《ふる》わせて静かに笑っています。

「子供も、この村の子供たちとはなんか違《ちが》うのよね」

「どう違《ちが》うの？」

「えーとね…あ、そう、ちょうどあんな感じ！」

池の土手から、ふたりの子供が慣《な》れない足取りでこちらに向かってくるのが見えました。

「ほんとだ、なんかぎこちないなぁ」

「あんな短いズボン見たことないわ」

「転んだりしたら、ケガするよな。あんな格好《かっこう》で外で遊ぶつもりなんかな」

と言いたい放題《ほうだい》です。子供たちはまさか噂《うわさ》の的《まと》になっているなんて思いもせずに、目をキラキラさせて近づいてきました。

「わー、すごい。きれいな池や！」

「遠くまで来てよかったなぁ」

ふたりは池を覗《のぞ》きこみました。

テレビが村にやってきてからというもの、村の子供たちはあまり池に来なくなったので、久《ひさ》しぶりの訪問者《ほうもんしゃ》に池のみんなも嬉《うれ》しそうです。

モロコさんなんてわざと姿を見せたりしました。

「いま魚が通った！」

タガメも涼《すず》しい顔をして目の前を通り過ぎます。

「あ、水の中を虫が泳いでる！」

そのたびに子供たちははしゃぎました。

「ようし、俺様《おれさま》も」

マムシが草陰《くさかげ》から出て行こうとしたのでどんたは慌《あわ》てて止めました。

「マムシさんは怖《こわ》がられるからダメ！」

「ちぇっ」

仕方なく首をひっこめてふと目をやると、向こうの草陰《くさかげ》からカラスヘビのからきちが「お互《たが》い苦労するね」とでも言いたげな視線《しせん》を送っていました。


ふたりは池のまわりを珍《めずら》しそうに何回も行ったり来たりしました。

「この池のこと、団地のみんなに教えてやらへん？」

「そうやな、次はもっと友達連れて来よう！」

「A棟《とう》の井上君と、けんちゃん、B棟のだいすけ、C棟のあっちゃんと…」

「近くに友達いっぱいいいて楽しいな」

「団地っていいよなぁ」

「子供部屋もできたし！　前の家は狭《せま》いし、汚《きたな》かったわ」

「僕《ぼく》も家族全員同じ部屋で寝《ね》てたから。じいちゃんのいびきがうるさくて寝れたもんやなかったわ」

「寝てる間に赤ちゃんが家族の下敷《したじ》きになって死んだ家もあるそうや」

「かわいそうやな」

　ふたりは顔を見合わせました。


　その後も隣《とな》りの村には新しい建物や道路が次々とできていきました。

　そんな様子をこの日報告《ほうこく》しているのはトンボです。

「ここにも団地が建たないかしら。子供たちが増えて楽しそうじゃない」

とモロコさんが言うので、どんたちも
「そうだね、この前来た子供たちも団地は楽しいって言ってたもんね」

と調子を合わせました。そこへフナたちがやってきました。

「でも建てるときに機械の音がうるさいんでしょ」

「それはいやだなぁ」

　魚たちの会話にトンボは少し表情を曇《くも》らせて

「うるさいだけならいいんだけど…。団地を建てる場所がもともとあったと思う？　邪魔《じゃま》なものをのけて作るんだよ」

と言いました。

「でもここに邪魔《じゃま》なものなんてないわ」

「人間にとって木は邪魔《じゃま》なんだよ」

「木を伐《き》ってしまうってこと？」

「まあ…そうだね」

「じゃあ、そこに住む生き物はどうなるんだよ」

「気にせずに伐《き》っちゃうよ」

「この村の人たちは優しいからそんなことしないわ」

「うーん、そうだといいんだけど…」

「そんなことしないよね？」

どんたが心配そうに聞きました。ふとまわりを見渡《みわた》すと、みんな顔を曇《くも》らせていま

す。トンボは慌《あわ》てて
「なんてね。まぁ遠くの村の話だよ」

と話を切り上げて飛んで行ってしまいました。残されたみんなの心には少しの不安が残りました。

それでも次の日の朝が変わらずやってきて平和な毎日が続くと、トンボの話はすっかり忘れてしまいました。

この年の梅雨は長く、いつまでもシトシトと雨が降り続きました。

＊

梅雨が明けた頃《ころ》、ひょうたん池から少し離《はな》れたところに車が停まり、ふたりの男が降りてきました。堅苦《かたくる》しい格好《かっこう》をしています。近くで木の実を取っていたリスは、

「あら。あの白いシャツの人、前にどこかで見たような…」

と記憶《きおく》をたどりました。

「あ、村で見た人だわ！」

あの日、きよしの向かいの家から出てきた男に間違《まちが》いありませんでした。今日は部下らしい男を連れていますふたりはひょうたん池までやって来ました。

「お、誰《だれ》だ」

草の間からマムシの目が光りました。

「珍《めずら》しいお客さんだこと」

ちゅんこは高めにぐるりと飛んで警戒《けいかい》し、イシガメは石の上で片目だけ開けてふたりの様子をうかがいました。

「見慣《みな》れない人間が来たみたいね」

モロコさんが水面から顔を出します。鳥や魚や動物たちがザワザワと遠巻《とおま》きに見る中、ふたりは雑木林《ぞうきばやし》を歩き回りました。男はあれこれ指示《しじ》を出し、もうひとりの男は何度もうなずきながらメモを取っています。そして雑木林《ぞうきばやし》を一周してふたりが帰ると、みんな口々にささやき合いました。

「何をしに来たのかな」

「変な格好《かっこう》だったね」

それから数日後、また同じ車が停まりました。車から降りたのは先日やってきたふたり組です。続いて大きな車が二台。上下グレーの作業服を着てヘルメットをかぶった男たちがゾロゾロと降りてきました。白いシャツを着たふたりは作業員に大きな声で指示《しじ》を飛ばし、一通り打ち合わせをするとさっさと帰って行きました。

「よーし、さっさと終わらせるぞ！」

「おー！」

作業員はそれぞれ工具《こうぐ》と杭《くい》を持って雑木林《ぞうきばやし》に散らばります。

からきちは息を殺してその動きを見つめました。何が起こるのかわからないまま、嫌《いや》な予感《よかん》だけが膨《ふく》らんでいきました。

「カーンカーン」

突然大きな音がして、リスは思わず飛び上がりました。男たちが地面に杭《くい》を打ち始めたのです。あちこちから「カーンカーン」が響《ひび》いて、うるさくてたまりません。イシガメは首をひっこめてしまいました。

杭《くい》を打つ音は遠くを飛んでいたちゅんこの耳にも届きました。

「この音…」

ちゅんこは池へ急ぎました。池に到着《とうちゃく》したときにはもう杭《くい》が何本も打ち込《こ》まれていました。

「大変、赤い杭《くい》が！」

ちゅんこは無我夢中《むがむちゅう》で男たちの頭をつつきました。でもヘルメットをかぶっているのでびくともしません。ちゅんこが怖《こわ》い顔をして人間に向かっていくのを見て、マムシは驚《おどろ》きました。

「おい、どうしたんだよ」

「マムシさん、この人たちを追い出して！」

「お、おう。わけがわかんねぇけど、追い出せばいいんだな」

マムシは近くにいた男の足に絡《から》みつきました。

「わわっ、なんだこのヘビ！　やめろ、あっち行け！」

男はブンブン足を振《ふ》りましたが、マムシはますますきつく絡《から》みつきます。

「ようし、俺《おれ》たち虫も協力するぜ」

カナブンは体当たりを繰《く》り返し、ハチは集団《しゅうだん》になって襲《おそ》い掛《か》かりました。人間の悲鳴《ひめい》があちこちで起こり「撤収《てっしゅう》！」という合図で逃《に》げるように帰って行きました。

後には赤い杭《くい》が、池と雑木林《ぞうきばやし》を囲むようにしっかりとささっていました。


「さっきの人たち、隣《とな》りの村で団地《だんち》をつくる人と同じ格好《かっこう》をしていたの」

ちゅんこが言いました。

「じゃあここにも団地が建つってこと？」

驚《おどろ》いてどんたが聞きます。

「団地かどうかはわからないけど…。隣りの村ではこうして赤い杭《くい》で囲ったところの木を全部伐《き》っていったわ。伐《き》った木は焼いて土に均《なら》してその土で池を埋《う》めることだってあるんだから」

「そんなのこの村の人が許《ゆる》すはずない！」

「でも、白いシャツの男、村の家へ出入りしていたわ。村の人たちも認めてるんじゃないかしら」

リスの言葉にどんんたは顔を曇《くも》らせました。

「そんな…」

「どうしよう…」

誰《だれ》かがぽつりと言いました。

「木が伐《き》られるなんて」

「木を住処《すみか》にしている僕《ぼく》たちはどうなるんだよ」

「どうしよう！」

「木と一緒《いっしょ》にぺちゃんこにされちゃうかも」

「怖《こわ》いこと言わないで！」

不穏《ふおん》な空気がいっきに池を支配《しはい》しました。

それから何日も落ち着かない日が続きました。そんなある日、たくさんの男たちが機械を手にやってきました。たくましい体をしていて、力強い足取りで林へと入って行きます。

「あいつら木を伐《き》るつもりだ！　また力を合わせて追い返そう！」

マムシが先陣《せんじん》を切りました。

「おー！」

虫や鳥たちが鼻息荒く答え、人間に向かって飛んで行きました。

「僕《ぼく》も協力できたらいいのに」

どんたは池から出られないもどかしさでいっぱいです。

ちゅんこは自分の巣がある木へ向かいました。木の前には腕《うで》の太い、いかにも力の強そうな男が機械を持って立っています。

「この木は伐《き》らないで！　なくなったら困るの」

ちゅんこは男のヘルメットを何度もつつきました。

「この木の蜜《みつ》は甘くておいしいんだぞ」

カナブンが体当たりをしますが男は知らんぷりです。

「穴の中にまだ幼虫《ようちゅう》の子供たちがいるんだ！」

カミキリムシがかみつきましたが、服の端《はし》が少し切れただけでした。

そこへマムシとからきちがやって来ました。

「伐《き》られてたまるか！」

「思い通りにはさせないぞ！」

男の足に巻き付こうとしたとき、機械の音が鳴り響《ひび》きました。「ギュイーンギュイーン！」それはそれは大きな音でした。とうとう木を伐《き》り始めたのです。

「雷《かみなり》が落ちたみたいだ！」

みんな耳をふさぎました。マムシは目の前で切り付けられる木が痛い痛いと泣いているように見えて、たまらずに言いました。

「やめろよ、大切な木なのに！」

もちろん人間の耳にマムシの叫《さけ》びは届きません。男は差し込んだ機械をゆっくりと回して切り目を少しずつ広げて行きます。木はそれでもまっすぐに立っています。

「やめろって言ってるだろ！」

マムシは男の足にしがみつきましたが、簡単に振《ふ》り払《はら》われてしまいました。機械の音は止《や》むことがありません。

「このっ」

再び人間に向かっていくマムシを、からきちは止《と》めました。

「逃《に》げよう」

「でも……！」

「とても太刀打《たちう》ちできない。それより、ここにいたら危ない」

マムシは何もできない自分が悔《くや》しくて、わなわなと体を震《ふる》わせました。機械の音はますます大きくなります。木がミシミシと音をたて始めました。

「逃《に》げるぞ！」

からきちの叫《さけ》び声に、マムシはようやく走り始めました。ずっとみんなを見守っていた大きな木は、たくさんの生き物たちが見守る中、ゆっくりと傾《かたむ》きました。

「あ！」

からきちが振《ふ》り向いた次の瞬間《しゅんかん》、大きな木は二匹のヘビに向かって勢《いきお》いよく倒《たお》れてきました。

バタン！

葉っぱと砂埃《すなぼこり》が舞《ま》い、あたりは騒然《そうぜん》としました。あまりの衝撃《しょうげき》にマムシはとぐろを巻いたまま動くことができません。しばらくしてようやく顔を上げると、すぐ横に木が横たわっていました。

「あぶねぇ！」

少しでもずれていたらと思うと、ぞっとしました。マムシは急いでからきちの姿を探しました。

「おい、からきち。大丈夫《だいじょうぶ》か？」

返事がありません。

「からきち…」

倒《たお》れた木の隙間《すきま》にからきちの頭が見えました。

「からきち‼」

急いで駆《か》け寄《よ》ります。からきちは木の下敷きになっていました。そこへちゅんこが飛んできて、マムシと一緒にからきちを助け出そうとしましたが、倒《たお》れた木はあまりに重たくてどうにもなりませんでした。からきちはピクリとも動きません。

「うそだろ、おい。返事しろよ！」

ゆすってもさすっても、からきちは目を閉じたままです。その目が二度と開かないことがわかり、マムシは声を上げて泣きました。悲しくて悲しくてたまりませんでした。大好きなからきちが、人間のせいで死んだのです。初めて人間が憎《にく》いと思いました。その間にもあちこちで木が倒《たお》れ、木が地面にぶつかる音と機械の音でマムシの泣き声はかき消されました。

「とにかくいったん安全な場所へ」

「でも、からきちが！」

泣き叫《さけ》ぶマムシをちゅんこは無理やり追い立てて村の方まで下りて行き、人間が立

ち去るのを待ちました。

魚やイシガメは池の底に集まってじっと息を潜《ひそ》めます。底にいても機械の音はうるさくて、それ以上に木の悲鳴《ひめい》が聞こえてくるようで怖《こわ》くてたまりませんでした。時が経《た》つのがとても遅《おそ》く感じられました。

*

夕方になってやっと男たちが帰ると、村へ避難《ひなん》していた鳥や動物たちが戻《もど》ってきました。また、ふだんは動物たちを警戒《けいかい》して遠ざけている虫たちもやってきました。

無残《むざん》に横倒《よこだお》しになった木を見るとカミキリムシは悔《くや》しそうに

「なんてことをしてくれたんだ！　くそう」

と顔をゆがめました。飛び回って怒《おこ》っているのはハチたちです。

「長い時間をかけて作った巣が一瞬《いっしゅん》でなくなるなんて」

「大切な卵はどこへいったんだ」

「蜜《みつ》を集めるのにどれだけ苦労したか、人間は何も知らないくせに」

「巣を返せ！」

ハチたちは口々に言いました。アリとアブラムシは
「どうしよう、どうしよう」

と行ったり来たりを繰《く》り返します。

「人間がこんなことをするなんて！」

カマキリはそう言うと涙《なみだ》を流しました。

「ひどい」

バッタもつぶやきます。ダンゴ虫は力なくまるまってしまいました。

「家がなくなって、これからどこで寝《ね》ればいいんだ」

夜が近づき、みんなますます途方《とほう》に暮れました。

「とりあえず、残った木を寝床《ねどこ》にする？」

「でもその木だって、明日には伐《き》り倒《たお》されるかも」

「そうだよ、こんな危ないところに住みたくない」

「安心して暮らせない」

「安全な場所に引《ひ》っ越《こ》そうよ」

「…引《ひ》っ越《こ》すの？」

蝶々《ちょうちょう》がみんなに問いかけます。

「引《ひ》っ越《こ》すったって、どこに？」

カナブンも戸惑《とまど》いを隠《かく》せません。

「どこか遠くの森、とか」

鈴虫《すずむし》が言いました。

「この林を捨《す》てるのかよ。土の中に幼虫《ようちゅう》のやつらがまだいるんだぜ」

セミの言葉は重たく、多くの虫たちはうつむいてしまいました。

「でも、今ここにいる僕《ぼく》たちの命を一番に考えるのは間違《まちが》いじゃない…と思う。生きていれば、命をつなぐことができる」

クワガタの慎重《しんちょう》な発言にクモは頷《うなず》き

「みんなが安全に生きられる道を選ぼう」

と言いました。

「でも安全なところなんてあるかしら。ここに留《とど》まるのも怖《こわ》いけど、新しい場所へ行くのも不安だわ」

と言ったのは心配性《しんぱいしょう》のテントウムシです。

「そうよ、どこへ行っても先に住んでる虫たちの縄張《なわば》りがあるわ」

「ちょうどいいところを探すのに、どれだけ歩かなきゃいけないんだ」

「知らない道をさまようなんて怖《こわ》いわ」

他の虫たちも不安を口にします。空気を変えようとカブトムシが大きな声で言いました。

「新しい一歩を踏《ふ》み出すのは怖《こわ》いよ。でも、みんな一緒《いっしょ》ならきっと大丈夫《だいじょうぶ》だ」

すると、うつむいていた虫たちが顔を上げました。

「……」

「僕《ぼく》が嘘《うそ》をついたことがあるかい」

テントウムシは首を振《ふ》ります。

「カブトムシさんが言うなら…」

「そうだね」

「確《たし》かに」

「やってみるか」

「やってみよう！」

虫たちは一致団結《いっちだんけつ》して新しい住処《すみか》を探すことを決めました。


そうと決まれば今夜のうちに出発です。みんな一斉《いっせい》に旅の準備《じゅんび》に取り掛《か》かりました。

アリやアブラムシは班《はん》ごとに歩く練習をし、毛虫やダンゴ虫は少しでも早く歩けるようストレッチを始め、羽のある虫たちはそれぞれどの虫をフォローするかを話し合いました。巣が残っている虫たちは少しでも多くの荷物を運び出そうと必死です。

「歩くだけでも大変なんだ。荷物は少なくすること！」

「先頭はどの虫がいい？」

「カブトムシだ！」

「アリだろ！」

「いいや毛虫だ」

大きな声が出発ぎりぎりまで飛び交いました。

そして急いで身支度《みじたく》を済ませると、池のほとりに全員が集まりました。大きい虫から小さい虫まで、すごい数です。

「今までありがとう」

カブトムシが礼を言いました。

「楽しかったよ」

「世話になったな」

「寂《さみ》しいよう」

他の虫たちも言いだしたので、リンリンジージーミーンミーンの大合唱になりました。

「さあ、出発しましょう！」

女王アリの掛《か》け声で五列に並《なら》んだアリたちが歩き出しました。アブラムシと毛虫とダンゴ虫と小さな虫たちもその後ろについて歩きます。羽を持つ虫は遅《おく》れがちな虫に寄り添《そ》ったり、歩きやすいように先導《せんどう》したりしました。

トンボと蝶々《ちょうちょう》は途中《とちゅう》まで進んで行きましたが、また池へ戻《もど》ってきました。

「本当はここに残りたいけど…」

とトンボが言いました。

「でも、また会えるよね」

蝶々《ちょうちょう》が声をうるませます。

ドジョウとイシガメが

「絶対会える！」

と声を揃《そろ》えたので、蝶々《ちょうちょう》の顔に笑顔が戻《もど》りました。

「またね」

「うん、いつかまたきっと」

「元気で！」

魚たちは精一杯《せいいっぱい》の明るさで見送りました。トンボと蝶々《ちょうちょう》は名残惜《なごりお》しそうに飛んで行きました。

そうして長い長い虫たちの列が夜の闇《やみ》に消えていきました。

＊

それから数日をかけて人間はすごい勢《いきお》いで木を伐《き》り続けました。そしてついに全部の木を倒《たお》してしまうと

「ようし、仕上げだ！」

と言って、木の株《かぶ》や集めた枯《か》れ枝に火を放ちました。火はパチパチと音を立てて、だんだん大きな炎《ほのお》になり燃え広がりました。

「なんだ、この煙《けむり》」

池の底にいたどんたが異変《いへん》に気付きました。水面から顔を出すと、すごい熱と煙《けむり》につつまれました。

「熱い！」

急いで池の底へ戻《もど》りましたが、それでも煙《けむり》は体じゅうにまとわりつくようでした。

熱と焦《こ》げた匂《にお》いが水面からじわじわと池の中へ入ってきました。

タガメは驚《おどろ》いて足をバタバタさせました。

「うう、息が苦しい…」

イシガメは池の底でうずくまりました。その横でのた打ち回っているのはドジョウです。

「みんな、しっかり。ケホケホ」

モロコさんが咳《せ》き込《こ》みます。

フナたちは
「窒息《ちっそく》しそうだ！」

と言って泳ぎ回ります。でも池の中に逃《に》げ場はどこにもありませんでした。

「うー、うう」

あちこちでうめき声が聞こえました。

「もうやめてよ！　ぼくらはここにいるのに！」

どんたは人間に向かって届かない声を張《は》り上げました。


それからどれくらいの時間が経過《けいか》したでしょうか。ぽつりぽつり雨が降《ふ》り始めました。雨は次第《しだい》に激しくなり火を消すと、焼け焦《こ》げた木と土を伝い泥水《どろみず》となって池に流れ込《こ》みました。

「なぁにこの泥《どろ》！　前が見えない！」

モロコさんが叫《さけ》びました。

「苦しい！　助けて！」

とフナが泣き出しました。

「俺《おれ》たちはこのまま死んでしまうのか！」

いつも穏《おだ》やかなドジョウが怖《こわ》い顔で言いました。

イシガメは勢《いきお》いよく入ってくる泥水《どろみず》をかき分けて、なんとか池を脱出《だっしゅつ》しました。

そこで見たのは、まるで死の世界でした。ついこの前まであったはずの雑木林《ぞうきばやし》はすっ

かり姿を消し、ただただ黒く焼け焦《こ》げた地面に雨が叩《たた》きつけるばかりでした。

夜になっても雨は降り続きました。

村から戻《もど》ったちゅんこたちは、あまりの変わりように「ひどい…」と言ったきり言葉をなくしました。濁《にご》った池に気付いたリスが駆《か》け寄《よ》りました。

「どんた！　モロコさん！　みんな！」

するとゆらりと水面が揺《ゆ》れて、どんたがヨロヨロと姿を現しました。

「ケホケホ。もう苦しくてたまらないよう」

続いてモロコさんも疲《つか》れた顔でやってきました。水の中では魚たちがぐったりしていました。

「どうすればいいの。助けてあげたいけれど…」

リスが消え入りそうな声でつぶやきました。

「もうここはだめだ。逃《に》げて」

どんたが言いました。

「でも…どんたはどうするのよ」

ちゅんこが驚《おどろ》いて聞きます。

「僕《ぼく》は魚だ。この池と運命を共にするよ。でも動けるみんなは安全な場所へ逃《に》げて。今逃《に》げないと死んでしまう」

「だからってどこへ行けばいいんだ。俺《おれ》はここしか知らないのに！」

マムシは大声を出しました。イモリが諦《あきら》めたように

「おじいちゃんのおじいちゃんの、そのまたおじいちゃんもここで生まれて死んだんだ。僕《ぼく》もここで死ねたらそれでいい」

と言うと

「何言ってるの！」

とモロコさんの声が飛んできました。

「大事なのは場所じゃないでしょう。脈々《みゃくみゃく》と受け継《つ》いだその命を守りなさい！」

怒《おこ》っているような泣いているような顔をしています。イモリは体をこわばらせ、それから深く頷《うなず》きました。

家をなくした鳥や動物たちは、雨に打たれながら池の前で立ち尽くしました。

「…逃《に》げよう」

イシガメがつぶやきました。

「モロコさんの言うとおりだ。命を守るために新しい場所を見つけよう」

「それなら街道《かいどう》を渡《わた》った先に森があるわ！」

リスが思いついたように叫《さけ》びました。

「街道？」

「そう、村を下りたところに田んぼがあるでしょ。その田んぼを越《こ》えると車が行き来する街道があるの」

「その森のことなら知ってるわ。でも、私たちだけ逃《に》げるの？」

ちゅんこが言いました。

「できることなら全員で行きたいわよ。だけど、魚たちがどうやって逃《に》げられると言うの？」

リスは辛《つら》そうに答えました。池から田んぼに続く用水路が泥《どろ》で埋《う》まってしまい、池から出ることができないのです。

「人間のせいで用水路も使えなくなったのよ！」

「これじゃ、どんたたちが逃《に》げられねぇじゃないか、ちくしょう！」

マムシが吐《は》き捨《す》てるように言いました。

雨はますます激しさを増し、池の水位はぐんぐん上がりました。

「こんなときに大雨なんてついてない」

「人間が勝手なことをするから空が怒《おこ》ってるのよ」

「このままじゃ池の水が溢《あふ》れちまう」

それを聞いたイシガメはハッとしました。

「それだ！　池の水が溢《あふ》れてまわりも全部池みたいになればいいんだ」

「どういうことだよ」

「池の水が溢《あふ》れだしたら、魚も池を出て田んぼまで泳いで行けるだろ。田んぼの用水路は川に繋《つな》がってるんだ…」

「このチャンスを逃《のが》さず、川に逃《に》げるってことか」

「魚が生きるにはそれしかないと思う」


イシガメはこの計画を魚たちに話しました。

「そんな…この池を出るなんて」

「うまくいくわけがない」

「田んぼにたどり着く前に水が引いたら、息ができなくなって死んじゃうじゃないか」

「でもここにいたらいずれ死んでしまう！」

「こんな汚《きたな》い泥水《どろみず》の中で死にたくない」

「またきれいな水で泳ぎたいよう」

「一《いち》か八《ばち》か」

「やってみる価値は…あるよね」

「行こう！　川を目指そう！」

魚たちの目に光が戻《もど》りました。

＊

雨の中、みんなで池の水が溢《あふ》れるのをじっと待ちました。

「もっと降《ふ》って！」

じりじりとした時間が流れます。そしてとうとう池の水が溢《あふ》れ出しました。まわりにできた大きな水たまりと合体して一面に水が広がります。その溢《あふ》れた水の流れに乗って、魚たちは泳ぎ出しました。

同時に動物たちも移動《いどう》を始めました。リスは流れてきた木の枝に飛び乗ると、さらに小さな枝をつかんでオールにして器用に進んで行きます。マムシは太い木の枝に巻き付いて流れに身を任《まか》せました。

「おぉ、いい船出だ」

思わず笑《え》みがこぼれます。調子よく流れていたマムシでしたが、途中で岩が重なっているところに引っ掛かり、それ以上進まなくなってしまいました。木の枝に巻き付いた状態なので、体をゆすってもうまく動きません。

「おーい、誰《だれ》かぁ、助けてくれ！」

するとマムシのもとへイシガメがやって来ました。イシガメは泳ぎが得意なので、手足を上手に動かしながら、小さな頭でマムシを押《お》し始めました。

「よいしょ、よいしょ」

なかなかうまくいきません。それでも根気よく押《お》し続けるとグラリと手ごたえがして、マムシを流れに押《お》し戻《もど》すことができました。

「すまねぇな。あの、あ、あ、ありがとう…」

マムシが珍《めずら》しく素直《すなお》にお礼を言いました。

一方、生まれて初めて池の外に出たどんたは、心細くなって流れに逆《さか》らい池に戻《もど》ろうとしているところでした。

「やっぱり怖《こわ》い。僕《ぼく》には無理だよ」

誰《だれ》もいない空に向かって弱音《よわね》を吐《は》きます。そんな自分が情けなくて、もうどうにでもなれという気分でした。その時どこからか「どんた」と言うふなじいの声が聞こえました。

「ふなじい！」

どんたは小さく叫《さけ》びました。

「もういいと思えるまで精一杯《せいいっぱい》生きるんじゃぞ」

今度はもっとはっきりと聞こえました。それは、ふなじいが死ぬ前に最後にどんたに残した言葉でした。ふなじいの優しい目を思い出すと、少し心が落ち着きました。

「そうだ、精一杯《せいいっぱい》生きるんだ。怖《こわ》いけど、でも…！」

どんたはひとつ深呼吸《しんこきゅう》すると、勇気をふりしぼり川を目指して泳ぎ出しました。

モロコさんも一生懸命《いっしょうけんめい》泳いでいます。でも濁《にご》った水の中では視界《しかい》が悪くて何度も木にぶつかって体じゅう傷だらけになってしまいました。ゴールがはるか遠くに感じられてめまいがしそうです。

「もうだめかもしれない…」

その時ドジョウがスッと前に出てきて言いました。

「僕《ぼく》のすぐ後を泳げばいい。僕《ぼく》はどんなに濁《にご》った水の中でも安全なルートを見つけられるんだ。もともと目が悪いからね」

ドジョウが泳ぎ始めたので、モロコさんはぴったり後ろについて泳ぎます。すると、まるで木や岩がむこうからよけてくれるかのようにスイスイと泳ぐことができました。普段池の底で眠《ねむ》そうにしているドジョウが、この時はとても頼《たの》もしく思えました。

こうして協力しながら、池の仲間たちは田んぼの用水路へたどり着きました。どんたも少し遅《おく》れて到着《とうちゃく》しました。

「やった、みんな無事《ぶじ》だね」

「やっと、ちゃんと息ができるわ」

きれいな水の中で泳ぐことができて、魚たちは心の底からホッとしました。後はこのまま泳いで行って川を目指すだけです。ここまで来るとずいぶん水が引いていたので、動物たちは用水路に沿《そ》ったあぜ道を歩き始めました。うしろからマムシも地面をはってきます。

「ここを右に行くと街道よ！」

先頭にいるちゅんこが声を掛《か》けました。あぜ道は右にカーブしていて、その向こうに車が行き交う大きな街道が見えます。一方、用水路はそのまままっすぐ伸《の》びて、その先の川に繋《つな》がっています。森へ向かう動物や鳥たちと、川へ向かう魚たちとの別れのときがやってきたのです。

イモリとタガメは川へも森へも行かず、この用水路で暮らすことを決めました。自分たちにとってここが理想の環境《かんきょう》であることに気が付いたからです。イシガメは最後まで悩《なや》みましたが、森へ向かうことを決めました。

別れのとき、モロコさんはつとめて明るく話しました。

「これまで仲良くしてくれてありがとう。元気でね」

でも、途中《とちゅう》から涙声《なみだごえ》になってしまいました。

「魚の私が池を出るなんて想像もしなかったけど…諦《あきら》めずにここまで来られたのはみんなのおかげよ」

ちゅんこの目にも涙《なみだ》が溢《あふ》れました。

「ずっと一緒《いっしょ》に暮らしたかったわ」

マムシは

「人間が勝手なことしたせいだ」

と目を吊《つ》り上げました。

「でも…」

どんたは来た道を振《ふ》り向きながら言いました。生まれ育ったひょうたん池も雑木林《ぞうきばやし》も、もうそこにはありません。

「これまで村の人たちと仲良くやってきたでしょ。団地《だんち》に来た人間だって、今まで本当に困っていたようだった。悪い人たちじゃないんだよ、きっと」

そして一息置いて続けました。

「あの人たちのためにぼくらがこんな目に合うなんてひどいと思うけど、ひょうたん池の暮らしもいつか終わるようになっていたんだと思う」

どんたの言葉は静かに響《ひび》きました。

「そうだね」

「…そうかもな」

マムシの顔が少し緩《ゆる》みました。

「ふなじいも人間が大好きだった」

ふなじいの孫たちも池のあった方向を見つめました。

モロコさんはみんなの顔をゆっくりと見渡《みわた》すと
「じゃあもう行くわね」

と言って泳ぎ出しました。

「離《はな》れてもずっと友達だよ！」

どんたも続きます。ドジョウやフナたちも次々に川を目指しました。

「さようなら！」

イシガメが魚たちのうしろ姿に向かって呼びかけました。

「おーい、俺様《おれさま》のことを忘れるなよ！」

マムシの声も響《ひび》きました。何度も振《ふ》り向きましたが、泳ぐ魚たちの姿はすぐに見えなくなりました。

＊

魚たちを見送ったたちゅんこたちは、あぜ道を右に進み、街道の手前までやって来ました。

「なんだよ、こんなに車が通ってるのかよ。ここで車にひかれたら悔《く》やみきれないぜ」

マムシがゴクリと唾《つば》を飲みました。

「ぼくの足じゃとても渡《わた》りきれない」

イシガメが悔《くや》しそうに言いました。

「みんな行って。ぼくはここに残る」

「そんな！」

「森はもうすぐそこなのに」

リスとちゅんこの声が重なりました。

「仕方ないよ。ぼくが歩くのどれくらい遅《おそ》いか知ってるだろ」

そこへマムシが割《わ》って入りました。

「ここまで来て引き返すのかよ！」

「でも、迷惑《めいわく》は掛《か》けられない――」

「さっき俺《おれ》を助けてくれただろ。迷惑《めいわく》は掛《か》け合うもんだぜ」

「でもみんな…」

「みんなじゃねぇ、お前はどうしたいんだよ」

「…一緒《いっしょ》に行きたい。もうこれ以上の別れは嫌《いや》だ」

それを聞いてマムシはニヤリと笑いました。

「よし決まり！　みんなで街道渡《わた》りきるぞ」

マムシの力強い言葉にイシガメは街道を渡《わた》る決意を固めました。

「森に行くぞー！」

「おー!!」

「車が赤信号で停まったら行くわよ」

ちゅんこが空中から声を掛《か》けました。

「よ、ようし…」

マムシは目をギラつかせながら車をやり過《す》ごしました。しばらくすると信号が変わり、車が停まりました。

「さあ、早く!!」

ちゅんこの合図でみんな一斉《いっせい》に街道へ飛び出しました。マムシは一生懸命に体を揺《ゆ》らします。でもずんぐりとした体は焦《あせ》れば焦《あせ》るほどうまく前に進みません。

「なんか緊張《きんちょう》しちまって…」

「意外と繊細《せんさい》なんだから!」

ちゅんこがマムシのしっぽをつつきました。

「いて!」

マムシは思わず飛び上がると、やっといつもの調子を取り戻《もど》し

「覚えてろよ」

などと毒づきながら前進しました。足の速いリスがあっという間に渡《わた》りきって振《ふ》り返ると、マムシはやっと半分を少し過ぎたところ、イシガメはスタートしたところからまだ少ししか進んでいませんでした。

「早く早く！」

リスが力いっぱい声を掛《か》けます。

「このまま車が停まってくれるといいんだけど…」

ちゅんこは信号が気になって仕方ありません。長いような短いような時間が流れ、信号はあっさりと変わってしまいました。

「まだダメ!!」

ちゅんこは大慌《おおあわ》てで信号機に張《は》り付きました。青信号を覆《おお》い隠《かく》したのです。ちゅんこが素早《すばや》く動いたので、車の運転手は信号が変わったことに気が付きません。

「今のうちに急いで！」

マムシとイシガメは精一杯前《せいいっぱい》へ進みます。でも、そう長い時間はかせげません。運転手は鳥の存在《そんざい》に気が付き、クラクションを鳴らして走り出しました。

「危ない！」

車が通り過ぎる直前にマムシは間一髪《かんいっぱつ》、歩道へ滑《すべ》り込《こ》みました。

「あっぶねぇ！」

「ぎりぎりセーフね！」

リスの言葉にマムシは

「これくらい余裕《よゆう》だって。天下のマムシだぞ」

と荒《あら》い息で言って体を起こすと、街道を振《ふ》り返りました。行き交う車の向こう側に、頭と手足を引っ込めたイシガメの姿が見えます。

「おいイシガメ、生きてるよな！」

「イシガメ！」

大声で呼びかけますが、返事がありません。

「イシガメさん！」

車が水たまりを跳《は》ねるのも気にせず、みんな街道に身を乗り出します。イシガメはじっとしたまま動きません。

そしてまた信号が変わり車の往来《おうらい》がなくなると、もぞもぞと甲羅《こうら》が動き、やっとイシガメの顔がのぞきました。ホッとした空気が広がります。

「もう、心配かけて！」

「ごめん、ごめん」

次に信号が変わるまでになんとか到着《とうちゃく》しようと、イシガメは必死に歩きます。

マムシはギラリと眼を光らせました。激しい雨の中でも、マムシの眼の光はまっすぐイシガメに届きました。

「おい、この光に向かって歩け！」

「わかった、助かるよ」

「がんばって！」

ちゅんこはイシガメのすぐ上を落ち着きなく飛び回りました。

「お願い、間に合って」

リスは祈《いの》ることしかできません。

「あと少し！」

「あ、また信号が変わっちゃう！」

ちゅんこの声に緊張《きんちょう》が走りました。また信号機に張《は》り付きましたが、今度の運転手は冷静に車を発車させてしまいました。歩道はもう目の前。イシガメはマムシの眼の光だけを見て、最後の力を振《ふ》り絞《しぼ》ります。

「もうダメ！」

みんな思わず目を閉じました。


車が通り過ぎました。

ちゅんこが恐《おそ》る恐《きょう》る目を開けると、歩道には元気なイシガメの姿がありました。

「よかったー!!」

リスは嬉《うれし》さのあまりイシガメに抱《だ》きついて、ぴょんぴょん飛び跳《は》ねました。ちゅんこはイシガメの頭上をクルクル飛び回り、マムシもそれに合わせるようにイシガメのまわりを何度も回りました。

＊

「さあ、森はもうすぐだ！」

みんな再び足取り軽く歩き出しました。田んぼのあぜ道をまっすぐ進みます。いつの間にか雨は上がっていました。あぜ道はやがて山道となり、ついに目の前に森が現れました。


あふれるほどの緑の香《かお》りがします。この森にはリスや鳥の寝床《ねどこ》になりそうな大きな木がたくさんありました。ちゅんこの大好きな木の実も、ヘビが安心して隠《かく》れることができる草陰《くさかげ》もあります。

木の後ろからぴょんとかわいいウサギが顔を出しました。

「ようこそ、私たちの森へ」

そう言うとぴょんぴょん跳《は》ねて近づいてきました。

今度は木の上から声がしました。

「よく来たな、俺《おれ》たちの森へ」

梢《こずえ》を見上げると、フクロウやカッコウやスズメや様々《さまざま》な鳥たちが笑顔で並《なら》んでいました。

「街道をわたるのを見てたよ。大変だったな」

カッコウがひらりと降《お》りてきて話しかけます。

フクロウも大きな羽を広げてやってきました。すごい貫禄《かんろく》です。

「みんな縄張《なわば》りをもっているが、この森はずいぶん広いし、奥行《おくゆ》きがあるんだ。なんとか一緒《いっしょ》にやっていけるよ」

「森の中には君が水遊びできる池もあるしな」

フクロウは大きな足でイシガメの甲羅《こうら》をなでています。

リスやキツネやタヌキもやって来ました。

「仲間が増えて嬉《うれ》しいな」

「皆《みな》さんに見せたいものがあるんだ、こっちこっち」

カエルが先導《せんどう》するので、みんなついて行きました。

「よかった、歓迎《かんげい》してくれているみたいね」

森を進みながらリスはマムシにささやきました。そのとき、ふわりと優しい光が目の前を横切りました。

「蛍《ほたる》だ！」

森の奥《おく》にあるのは、たくさんの蛍《ほたる》が舞《ま》う美しい小川だったのです。

「わぁ…」

みんなの笑顔が蛍《ほたる》の光に照らされました。その無数の蛍《ほたる》の中から不意に、ひときわ明るい光がみんなの上を一回り飛び、地上近くをくねくねと進んでいきました。

ひょうたん池から来たイシガメ、リスにマムシ、ちゅんこたちの目には、その蛍《ほたる》がカラスヘビのからきちのように見えました。

「からきちは蛍《ほたる》に生まれ変わってこの森で暮らしていたのね！」

ちゅんこが叫《さけ》ぶと、マムシは、

「からきちのやつ、きれいになりやがったな」

と目を細めました。

「よかった！」

リスとイシガメは顔を見合わせて笑いました。


動物たちが見入っていると、蛍《ほたる》の数はさらに増え続け、光の束になって空に上っていきました。すると今度は、無数の流れ星が降ってきて、空がどんどん明るくなっていきます。色とりどりの光が入り乱れ、眩《まばゆ》いくらいです。

ふいに聞いたことがないような音が鳴り始めました。この世のものとは思えない美しい響《ひび》きがあたりを包みます。

ちゅんこが見回すと、イシガメ、リス、マムシがうっとりとした表情で空を見上げていました。イシガメの小さな目には、天上の光の渦《うず》が映っています。

いったい何が起きているのか、誰《だれ》もわからないまま不思議な時間が過ぎていきます。いつしか光の渦《うず》は空いっぱいに広がり、ゆらゆらと揺《ゆ》れ始めました。その揺《ゆ》れはまるでさざ波のようです。空全体が水面になり、自分たちがそれを下から眺《なが》めているかのようでした。

「池を見てるみたいね」

ちゅんこが微笑《ほほえ》みます。空は明るさを増し、水中の世界を映しだします。

「間違《まちが》いない、あれは、ぼくたちの池だ！」

イシガメが叫《さけ》びました。水中にどんたの姿を見つけたのです。気持ちよさそうに泳いでいます。

さらに、水面の外の世界が現れてきました。水面を通して、緑が広がる雑木林《ぞうきばやし》や、草刈《くさか》りされたばかりのきれいな土手が見えます。

「あっ、あれは俺《おれ》だ！」

マムシが嬉《うれ》しそうに言いました。確《たし》かに、土手の斜面《しゃめん》にマムシがうずくまっています。マムシの目線の先には、土手の上を歩く子供たちの姿。

「あれは、よしお、きよし、それにじろうだよね！」

その後を、少し違《ちが》う格好《かっこう》をした子供たちが続きます。団地から来て、池のことを「きれいだね」と言ってくれた子供たちでした。みんなでいっしょに遊んでいるようです。

どんたがその様子をにこにこと笑いながら見上げています。

やがて光の渦《うず》は小さくなりました。子供たちやどんたの姿もぼんやりとして消えていき、不思議な音は虫たちの合唱にとってかわりました。

「今のは夢だったのかしら」

「でも、どんたに会った」

「よしおたちにも！」

「そうだね」

遠く離れた仲間たちも、この空を見ているでしょうか。

みんな満ち足りた気持ちでもう一度空を見上げました。空には星たちが静かに瞬《またた》いていました。

高度成長期、野山をかけめぐった
かつての悪ガキたちに捧げる

あとがき

東京オリンピックをはさんだ高度成長期。

神戸でも里山がつぎつぎに切り拓かれ、団地やニュータウンに姿を変えていきました。そのような時代の中で、当時の子どもたちは、テレビに釘付けになりながらも、雑木林に分け入ってカブトムシやクワガタを探し、田んぼのあぜ道に生き物たちの姿を追い求め、楽しい少年時代を送りました。

本書は、当時の幼い日々を回想しながら記した、私にとってのノスタルジアです。しかし当時の様子の再現ではなく、自由に想像力を飛翔させながら創り上げたファンタジーであり、ある意味で「大人のための童話」です。

ゲームに夢中になり、スマホに戯れる現代の子どもたちの心には、あまり響かない内容かもしれません。それはそうなのですが、心のどこかで、子どもたちにもこの本を手にしてほしい、そして、ここから、今なお神戸の里山に息づいている自然に対する関心を育んでほしいと願っている自分に気づきます。

成長期に自然に触れることはとても大事だと思います。とりわけ感受性豊かな子供時代に、現実の自然の中に身を置くとき、世界がいかに奥行きが深く、謎に満ち、思わぬところに危険が潜んでいるかを知ることができます。

私たちは、五感を統合して周りの世界を認識し、行動しますが、生きていくために必要な現実感覚は、仮想現実への耽溺からは決して得られないものです。

もちろん、時代は変化し、世代によって現実の世界に対する把握のアプローチは違っていることは確かでしょう。現代の子どもたちには、現代にふさわしいありようで、自分を取り巻く周りの世界を認識する力、そのような世界の中を生き抜いていく力を身に着けていってほしいと願います。

平成二十八年九月　初秋の風が吹き抜ける神戸の街にて

久元　喜造

久元 喜造　ひさもと きぞう
1954年、神戸市兵庫区に生まれる。
神戸市立小部小学校、山田中学校を卒業。
灘高校を経て、1976年東京大学法学部卒業。
2013年11月より神戸市長。

有村 綾　ありむら あや
1979年、神戸市に生まれる。
京都芸術短期大学洋画コース、成安造形大学
洋画クラスを卒業。
現在はイラストレーターとして活躍中。

ひょうたん池物語《いけものがたり》

2016年11月25日　初版第１刷発行
2017年７月12日　初版第２刷発行

作者———久元《ひさもと》 喜造《きぞう》
発行者——吉村 一男
発行所——神戸新聞総合出版センター
〒650-0044　神戸市中央区東川崎町1-5-7
TEL 078-362-7140／FAX 078-361-7552
http://kobe-yomitai.jp/
印刷／神戸新聞総合印刷

ISBN978-4-343-00916-6 C0093